유리벽 안팎

유리벽 안팎
이태수 시집

문학세계사

□ 시인의 말

스무 번째 시집을 묶는다.
나이와 같은 수의 시를 담는다.
올해는 등단 쉰 해째 되는 해다.
어디까지 가게 될지 모르지만
가는 데까지 가보려 한다.

2023년 봄
이태수

□ 차례

I

II

III

Ⅳ

I

바다 이불

노을은 바다의 무늬 고운 이불일까

수평선에 조금 걸려 있던 해가

그 이불을 끌어당겨 뒤집어쓴 것일까

달이 뜨고 별들이 흩어져 앉아,

더러는 이마 맞대고 서서 깜빡이면서

그 이불 무늬를 바꾸어 놓는다

해가 수평선 너머에서 잠자는 동안은

달과 별들이 바다 이불의 무늬,

바다와 해의 꿈결이라고 해도 될까

무위無爲

바다가 바다를 품고 온다
하늘을 받들며 온다
갯바위에 부서지는
포말이 포말을 부른다

산이 산을 업고 간다
하늘을 이고 간다
수평선과 산 위에도
구름이 구름을 밀며 간다

불이문不二門

불이문 앞에서는 언제나 민망해진다
들어서려 하면 내가 들여다보이고
돌아서려 해도 내가 먼저 보인다
나와 내가 따로이고
내가 나와 맞서고 있기 때문일까
내가 되고 싶은 나가 되지 않아서
그런 내가 나를 불러 세우는 탓일까

불이문 앞에서 한동안 서성거리다가
얽매인 굴레를 벗어나고 싶어 하다
오로지 하나인 진리를 떠올리며
다시 나를 돌아본다
분별과 대립을 넘어서지 못하고
굴레를 떨치지 못하는 내가 보인다
불이문은 나를 부르듯 지켜보고 있다

노스님 독경 소리

암자 뒤 잡목숲길을 걷고 있는데
노스님의 독경 소리가 계속 따라온다
잡목들 사이 구부정한 소나무 한 그루가
허리를 흔들어 펴듯 내려다본다

멈춰 서니 하늘에는 유유히 떠가는 구름
잠깐 끊어졌던 독경 소리가
계곡 물소리와 어우러져 잡목숲을 흔든다
잡생각들을 지워 주려는 듯
그 소리가 한결 완곡하게 발길을 붙든다

한참 붙박이듯 나를 들여다본다
허리 구부정한 소나무와 노스님의 독경이
가던 길을 되돌아서 걸어가게 하는지
나도 몰래 암자 쪽으로 걷게 된다

유리벽 안팎 1

유리창 너머 새가 날아왔다가 간다
새가 앉았던 나무에 바람이 지나가고
바람이 가고 오는 동안에는
구름 따라왔는지, 바람을 따라가는지
먼 날들이 다가왔다가 간다

지난날 붙잡으려던 미련도 내려놓는다
산 너머로는 구름이 떠가고
하늘 저편으로 비행기가 날아간다
안과 밖을 갈라놓는 유리벽,
이 투명하지만 견고한 벽에 갇힌 나는
벗어나려고 안간힘쓰면서도
한편으로는 왜 눌러앉으려 하는지
앞길로만 갈 줄밖에 모르는
세월은 언제까지나 같은 걸음으로 간다

가서 돌아오는 것들도 가고

다시는 돌아오지 못하는 것들도 간다
유리창 밖을 바라보고 있던
내 마음이 그 풍경 속으로 갔다 오고
돌아와서는 가는 것들을 따라간다

유리벽 안팎 2

며칠째 두문불출, 마음만 이따금
바깥으로 내보내거나
방에 가두기도 합니다
지독한 몸살 탓도 없지 않으나
바깥세상에 안 나가고 싶어서지요

그렇다면 나는 자초해서
유리벽에 갇힌 걸까요

오늘은 오랜만에
창유리를 말끔하게 닦았습니다
유리창으로 바깥을 훤히 내다보고
지나치던 새나 바람도 더러는
유리창 이쪽을 들여다볼 수 있게
그랬다면 난센스일는지 몰라도
그러고 싶었어요

때로는 나를 가둬놓고
바깥을 바라보기만 해요

새 한 마리가 창밖의 나무에 앉아
한참이나 지저귀다 갔습니다
바람도 창을 두드리다가
아무 반응을 안 보이자
가더니 다시 창을 두드리는군요

계단

우리 집은 산발치에 있습니다

집에 가려면 계단을 올라가야 하고
집을 나서면 계단을 내려가야 합니다

하루에도 몇 번 계단을 오르내려야 합니다
올라가면 내려오고 내려오면
다시 올라가야 하는 게 일상만은 아닙니다
산다는 것도, 꿈을 꾸는 것도
계단 오르내리기가 아닐는지요
올라가면 내려올 수밖에 없고
내려오면 다시 올라갈 수밖에 없는 계단은
상승과 하강을 거듭하는 삶과
내려와서는 다시 오르려는 꿈길 같습니다

꿈을 꾸기 때문에 살아갈 수 있으며
살아가야 하므로 꿈을 꾸게 됩니다

산 위엔 높은 하늘이 있습니다

계단을 오르내리면서 이 연옥에 살지만
이따금 꿈속에서는
천국에 이르는 계단을 오르기도 합니다

황혼 무렵

어둠이 내리는 황혼 무렵
느릿느릿 걷고 있는 나를 가로지르며
두어 마리 새가 쏜살같이 날아간다

앞산 마루엔 한가로이 떠 있는 노을
이내 스러질 텐데 저리도 느릿한 건
나와 보조를 맞추려 하기 때문일까

어느새 젊은이 몇이 앞지르기로 가고
뒷모습마저 보이지 않는다

홍단풍 잎들이 가지를 붙들고 있지만
언제까지 버틸는지는 가름할 수 없다

황혼 무렵에는 왜 자꾸만
걸음걸이가 느려지는지 생각해 본다

앞만 보고 가던 시절도 있었으나
이젠 서둘러 가고 싶은 곳도 없다
가야 할 곳도 거기가 거기만 같다

하늘엔 별들이 서둘러 돌아온다
마을 불빛이 환하게 켜지고 있지만
나는 느릿, 느릿, 걷는다

거기가 거기

꿈에서 깨어나면 늘 거기가 거기다

간밤의 꿈이 희미하게 보이지만

애타게 찾던 길은 꿈속으로 되돌아가고

가고 싶은 길은 보이지 않는다

날이 밝자 새들이 찾아와서 지저귀지만

새잎이 돋아나고 꽃들도 피지만

길을 나서면 여전히 거기가 거기다

강가의 바위

강가의 바위가 물에 발을 담그고 있다
그 곁에 앉아 나도 발을 담근다

맞은편 가문비나무 새로 뻗은 가지 사이로
바람이 이따금 잎새들을 흔들며 지나가고
버들치 떼가 투명한 물길을 거슬러 오른다

물 위에 물구나무서 있는 산이 흔들거리고
그 산 아래 구름 떼도 흔들리며 흘러간다
물은 바로 선들 한가지라고 가르치는 걸까

한결같이 제자리 지키는 바위가
잠깐 곁에 머무는 나를 어떻게 여길까

한적한 풍경

새들이 제 노래 속으로 든다
나뭇가지에서 나뭇가지로 옮아앉으며
나직나직 제 노래 안에 감싸인다

눈을 들어 바라보면
허공 속으로 느릿느릿 가고 있는
구름들 사이의 낮달

나무 아래 흐르는 개울 물소리는
돌과 돌 사이로 흘러내리며 나직나직
제 소리를 안거나 업고 간다

새가 되고 물이 되어

작은 새가 되고 싶다는 생각을 하다가
흐르는 물이 되고 싶다는 생각도 한다
한없이 아래로 내려가고 싶어지다가
끝없이 날아오르고 싶어지기도 한다

길이 없는 길도 갈 수 있기를 바라다가
낮은 데로 내리려는 꿈에 불을 지핀다

냇물이 흐르고 흘러 바다에 이르듯이
작은 새가 허공을 품었다가 되돌려주듯

자유분방하지만 순리에 따르려 한다
새가 허공으로 아득하게 날아오르고
냇물이 흐르고 모여서 바다를 이루듯
낮게 내리면서도 높이 날고 싶어진다

저무는 강가에서

날이 저문다고 생각하다가
아침을 잉태한다고 생각을 바꾼다

어둠이 밀려온다고 썼다가는
달이 뜨고 별들이 뜬다고 고쳐 쓴다

알몸의 겨울나무들이 안쓰럽다가도
새 옷을 갈아입는 중이라 늠름해 보인다

오면 가게 마련이라는 무상감에 젖다가
가서 다시 돌아오기를 기다리기로 한다

등 돌리고 떠나간 사람을 원망하다 말고
왜 등을 돌리고 갔는지 생각해 본다

세상살이 새옹지마라고 슬퍼하다가
상선약수라는 말을 떠올린다

저무는 강을 느긋하게 바라보면서
강물 소리에 귀를 기울인다

숯과 불잉걸

간밤의 꿈속에서는
잉걸불을 쬐던 내가 불잉걸이 되고
불잉걸이 된 내가
한결 더 뜨거워진 잉걸불을 피우다
다시 또 잉걸불을
쬐고 앉아 마음 달구는 불잉걸이었다
그러나 꿈을 깨니
숯덩이 같은 마음을 어쩌지도 못하는
진퇴양난 좌불안석
풍진세상의 먼지 같이 떠돌고 있는
내가 들여다보인다
잉걸불 이글거리던 불잉걸이 식어
숯이 된 나를 본다

술잔 속의 파도

바닷가에 갔다가 온 저녁에는
술잔 속에 바다가 퍼덕거린다
끝없이 밀려오는 파도가
갯바위에 토해놓던 포말
그 원시의 말들이 허옇게 춤춘다

술잔을 비우고 다시 가득 채우면
밀려오는 그 원시의 말,
포말들이 또 춤을 춘다
술에 잔뜩 취해서 들여다보니
술잔 속 술이 바로 그 파도다

길 1

돌아보면 따라오던 길이 되돌아간다
지나올 때 제자리에 머무는 것 같았는데
왜 나를 따라오고 있었을까

그런데 따라오다가 왜 되돌아가는 것일까

길은 언제나 가고 있었는데
제자리에 머문다고 내가 잘못 본 데다가
따라온다고 보니까 되돌아가는 걸까

이 세상엔 잠깐이라도 안 바뀌는 게 없다는데

길을 찾아 헤매고 떠도는 내가

길은 언제나 얼굴 바꾼다는 것을 왜 몰랐을까

길 2

길을 걷다가 멈춰서서 뒤돌아본다
지나온 길이 나를 부른다

가지 않아야 할 길을 가고 있었을까

발길을 돌려 왔던 길로 다시 걷는다

한참을 걷다가 뒤돌아보니
그 길이 나를 돌아오라고 부른다

꿈을 깨니 여전히 캄캄한 한밤중
하늘에는 달도 별들도 다 숨어버리고
길은 어둠에 묻혀 보이지 않는다

원근遠近

가까운 것을 밀어서 보고
먼 곳을 가까이 끌어당겨 본다

멀리 있어 보이지 않고
가까워서 안 보이던 게 보인다

가까이서 보아야 잘 보이기도 하고
멀리서 바라보아야 그럴 때도 있다

가까이나 멀리서도 보이다가
다시 또 잘 안 보인다

먼 것을 가까이 끌어당겨 보고
가까운 곳을 밀어서 본다

흔들림

걸어가며 흔들리고 멈춰서도 흔들린다
앉아서 흔들리고 서서도 누워서도 흔들린다

흔들리는 건 중심을 잃었기 때문이 아니라
중심을 제대로 잡기 위해서다

걸으며 중심 잡고 멈춰서 중심을 잡는다
누워서도 앉거나 서서도 중심을 잡는다
바람이 불거나 눈비가 올 때도 흔들린다

누가 흔들어도 흔들지 않아도
흔들리지만 언제나 흔들리며 중심을 잡는다

흔들리지 않아서 도리어 중심을 잃기도 한다
흔들리는 건 중심을 잡고 있기 때문이다

II

팽나무 그늘

팽나무 그늘에 앉아 있으니
이름 모를 새들이 깃들어 지저귄다
이름만 모르는 게 아니라
뭐라고 지저귀는지도 모른다
그 소리가 맑고 아름답다고 느낄 뿐,
새들을 품어주는 이 나무는
새소리들을 알아들었는지
알아듣고 화답을 하는지 모르지만
열매들이 팽팽하게 익는다

바닷바람이 연신 불어오고
아이들이 몰려와 팽총놀이를 한다
덜 여문 열매들을 따서
팽팽 쏘는 아이들을 바라보며
팽나무는 어떤 생각들을 하는 걸까
새들이 지저귀다 다 날아가도
아이들이 돌아간 뒤에도

표정 없이 제자리 지키는 팽나무,
드리우는 그늘이 푸근하다

쉼터 의자

낙엽 서너 잎이 빈 의자에 앉아 있다

붐비던 사람들이 다 가버린 마을 쉼터

땅거미 내릴 때 바람도 쉬고 있는지,

이따금 작은 새들이 낮게 지저귀다 간다

구름 그림자도 발걸음을 거두고

쉴 줄 모르는 개울의 물소리만 하염없다

마음은 물소리 따라 아래로 가지만

산마루 너머로는 붉게 타는 저녁노을,

몸만 낙엽과 같이 의자에 앉아 쉰다

시드는 풀

석 달도 넘게 피어있던 배롱꽃,
꽃잎들이 흩날리는 그 나무 아래
시드는 풀들이
해 질 녘 햇살을 끌어당기고 있다
산에서 내려온 멧새 두어 마리,
잠깐 지저귀다
서두르듯이 산으로 되돌아가고
배롱꽃들이 우수수 떨어져 내린다
이 광경을 보는
샐비어의 유난히 빨간 꽃잎들인들
머잖아 시들지 않을 수 있으랴
서녘엔 붉은 놀,
배롱나무를 바라보던 노파들도
유모차를 밀면서 제각각 흩어지고
풀벌레 울음소리,
풀들은 풀벌레 소리나 쓸어안으며
밤새 다 시들어 버릴지도 모른다

저무는 가을풍경

앞뜰의 단풍나무가 해 질 무렵
때맞춰 등불을 켜 드는 건지
지는 해를 붙잡아 보려 하는지
한낮보다 온몸이 더욱 붉어 보인다

가지에 걸리는 노을과 서늘한 바람
지나가는 사람들의 발소리처럼
이따금 떨어지는 잎사귀들과
멀어지다가 들리어 오는 새소리,

비발디의 가을*에 귀를 열듯이
어느 화가의 가을 풍경화를
새삼 떠올려 들여다보고 있듯
해 질 무렵의 단풍나무를 바라본다

때마침 단풍빛 바지를 입은 노인이
단풍나무 아래서 담배를 핀다

지난날 그러안아 쟁이는 건
저 노인의 몫만은 아닐 것이다

* '사계' 중 '가을'

절해고도絶海孤島 1

먼바다를 바라보다가
그 위의 허공에 눈길이 닿는다

아득하게 비어 있기 때문에
마음이 먼저 거기 당도해 있다

이 풍진세상이 싫어져 가끔은
아무도 없는 데로 가서
홀로 있고 싶어지기 때문일까

허공에는 오로지 뜬구름 한 점
마음은 절해고도에 머문다

그래도 몇 시간만 머물다 보면
돌아오고 싶어지려나

절해고도絶海孤島 2

빗장 지르고 스스로 갇혀 있는

나는 절해고도다

모든 것이 내 탓인지 알 수 없지만

사람들 속에서 사람이 하도 그리워

사람을 찾아가는

세파 속의 꿈 꾸는 절해고도다

자작나무 꿈길

눈이 내리다 말다 하는 겨울 한낮
느리게 걷는 자작나무 숲길은 꿈길이다
이 나무들은 흰 살결을 드러내기보다
온몸으로 은빛 꿈을 내비치는 것 같다
그 사이로 걸어가다 보면
나도 몰래 그 꿈 언저리를 맴돈다
간간이 내리는 눈송이는
그 은빛 꿈에 같은 꿈을 포개는 걸까
오래전 톨스토이 영지에서 바라보던
그 자작나무들도 하늘로 팔을 뻗으면서
예까지 온 건지 보이다 말다 한다

자작나무 사잇길을 걷다가 보면
내 꿈도 검은 살결에 반쯤은 흰 빛깔을
내비치지 않았나 하는 생각도 든다
하지만 한결같이 하늘을 우러르는
자작나무의 온몸으로 꾸는 꿈같이

온몸으로 은빛 꿈을 꾸고 싶어진다
겨울 한낮 느리게 걷는 자작나무 숲길은
그런 꿈을 꾸게 부추기기도 한다

강물과 은사시나무

하늘을 올려다보며 흐르는
강이 눈을 불렀는지
눈을 맞으며 강가에 서 있는
은사시나무들이 새들을 불렀는지
하늘이 먼저 화답한 뒤
어디에선가 새들이 날아온다

강물이 눈발을 그러안으면서
산모롱이를 돌아 나가고
은사시나무들은 강물을 바라보며
새들의 노랫소리를 듣고 있다
은빛 눈도 새소리도
하늘이 내리는 복음들일까

강물은 아래로 흘러가면서
은빛 은사시나무들은
하늘을 우러러 팔을 뻗으면서

복음 나누기를 하고 있는 중일까
강물과 은사시나무들은
함께 하늘을 받드는 것 같다

성탄 무렵

포인세티아 붉은 잎들이 더욱 붉어 보이는

겨울 한낮에 갑자기 함박눈 내린다

베란다 창가의 의자에 앉아 있으면

함박눈과 포인세티아에 번갈아 눈길이 간다

크리스마스가 다가오는 때여서 이런 것일까

희거나 붉은 비의의 말들이 번갈아

가슴에 밀려와 마음눈을 뜨게 한다

때마침 캐럴이 창을 넘어 가까이 다가온다

영원을 품듯이

밤새 눈 내려 모든 길이 지워졌다

마치 오늘이 첫날이듯이
그보다 마지막 날이듯이

희디희게 지워진 길을 더듬어 나서며

난생의 첫발을 내딛듯이
마지막 발을 재겨딛듯이

이 찰나를 끌어안아 영원을 품듯이

한겨울 달빛

달빛이 따스한 말들을 품고 내려온다

뜰의 빈 나뭇가지들을 어루만지고
낙엽들이 뒹굴며 가는 길을 밝혀 준다

찬바람이 이마를 부딪는 유리창 너머
어둠을 헤집으며 뛰어내리는 달빛,
귀를 기울이면 따스한 말들이 들려온다

뜬금없는 느낌인지는 알 수 없으나
한겨울밤의 달빛은
포근한 기억을 데려다주기도 한다

언젠가 선달 밤에 뜬눈으로 뒤척이다가
들었던 달빛의 그 은밀한 말들이
창을 넘으며 속삭이듯이 다가온다

처마 끝에 매달린 고드름들이 자라나고
동장군이 위세를 떨치는 한겨울밤

나도 낙엽들을 가슴에 품어 안는다

겨울 산울타리

줄지어 선 화살나무들 옆엔 치자나무,
바로 옆으로는 회양목들,
남천 다음으로는 흰말채나무들이군요
산울타리 역할에 동참한
페리칸사스는 빨간 열매를 달고 있어
벌거벗은 흰말채나무들도
온몸을 빨갛게 달구고 있는 중일까요
산철쭉이나 영산홍들도
소외될까 빈 몸으로 어깨 겯고 있군요
누가 시위를 당길 건지
화살나무들은 기다리는 자세 같습니다
이젠 누군가가 단호하게
나쁜 무리에게 화살을 날렸으면 해요
좀작살나무꽃이 다 져도
남천들은 아직 붉은 잎새들을 붙들고
쥐똥나무 까만 열매들은
매달려서 나눌 사연이 많은가 봅니다

치자꽃들 진 지 오래지만
그 향기를 넌지시 끌어당기고 있으면
내게는 울타리가 없어서
이들 나무가 죄다 부러워 보일는지요
그저께는 폭설이 내리고
북풍에 몸보다 마음이 더 추워집니다
내가 딱해 보여서 그런지
회화나무들은 다가서듯이 굽어봅니다

빨간 열매

한겨울엔 유난히 빨간 나무 열매들에 마음 붙들린다

눈을 뒤집어쓰는 남천도 페리칸사스도 가까이 다가서

열매끼리 인동의 사연들을 주고받는지 어깨를 겯는다

아까 산길을 내려오다 본 망개 열매도 포개져 보인다

나를 앞지르며 잰걸음으로 가는 사람은 어디로 가는지

물어보고 싶었으나 지나치고 말았지만 눈은 따라간다

정처도 없이 헤매고 있는 내 가슴에는 왠지 모르지만

빨간 열매가 하나둘 들어와 박히고, 골목길 어귀에서

두 팔 치켜들며 나를 바라보는 눈사람의 코도 빨갛다

섣달 아침

아침인 줄 착각하고 눈뜨니 이른 새벽
악몽을 벗어나 다행이지만
창밖에는 북풍한설 몰아치는 소리
꿈속 장면들도 천장에 어른거린다

제 눈에 안경이라는데 이즈음은 왜
세상이 캄캄하게만 보이는지
마음의 안경을 갈아낄 수는 없을지

거꾸로 돌아가는 것 같은 세상이라
섣달 긴 밤에는 돌아올 봄을
애타게 기다릴 수밖에 없는 것일까

이불 뒤집어쓰며 악몽을 떨쳐내다
빠져든 그루잠의 단꿈을 깨어나니
거짓말처럼 맑게 갠 아침
하지만 그 꿈속의 봄은 오기나 할는지

한밤중 바람

바람이 창을 두드린다
한밤의 어둠 속을 떠도는 바람이
어둠 속에서 뒤척이는 나를 알아보았을까

내 불면의 속사정을 알아차리고
지나치려다 말고 그 어둠을
깨트려 주기라도 하려는 것일까

달도 없고 별들도 잠들어 캄캄한 한밤중에
불 꺼진 창을 왜 이리도 하염없이
두드려대고 있는 걸까

한겨울 은총

앞뜰의 홍단풍나무 얼음꽃들이 아름답다
이른 아침 햇빛에 눈부시게 반짝인다

붉은 단풍잎이 진 자리마다 잎 대신 피어나
저리도 황홀해 보이는 것일까

간밤의 빗물과 찬바람이 어우러져 빚어낸
저 꽃들은 앙증스러운 한겨울의 요정,
햇빛을 받아 투명하게 반짝이는 것도 잠시
햇살 때문에 지고 말 운명이 안쓰럽다
요정은 꿈결에나 찾아온다는 생각도 든다

한파 경보에도 비 내리던 간밤
날 샐 무렵 한파가 몰려와 늦잠을 설쳤는데

포근한 햇빛이 내리는 섣달 이른 아침
홍단풍나무 얼음꽃들은 뜻밖의 은총 같다

늦겨울 꽁지 마을

늦겨울 늦은 오후 한때
화살나무 울타리에 내리는 눈송이들
참새들이 울타리에 앉아 지저귀다
둥지로 돌아가는지
눈송이를 이고 날아간다
어둠살이 내리는 꽁지 마을의
야트막한 지붕들이 흰 모자를 쓰고
이마를 맞대고 있듯 다정해 보인다
눈이 그치려는지 하늘이 차츰

민얼굴을 드러내는 사이

눈이 발길을 거두고

내리는 어둠살마저 포근해 보인다

꽁지가 하얀 새 한 마리가 날아가고

집집이 불이 켜진다

고산방학도孤山放鶴圖*

함박눈 내리다 그친 하늘에

학 한 마리 배회한다

고즈넉한 산중에 홀로 들어

눈을 지고 이고 서 있는 매화나무,

흰 꽃망울에 마음 붙들린다

넋 놓고 바라보는데

학이 발길을 채근하듯 난다

* 겸재 정선의 그림

오늘

구름이 산을 넘어가고 낮달이 지고 있다

강물은 아래로 흐르며 강을 떠나가고
바람이 옷깃을 스치며 지나간다

어디서 돌아왔는지 빈 나뭇가지에는
새들이 지저귀고 새잎들이 돋아난다

꽃이 피고 진다

지나가고 사라지는 것들은 사라지고
지나가지만 돌아올 것들은 돌아온다

떠나갔다 돌아오는 건 맞이하고
떠나면 안 돌아오는 것도 떠나보낸다

가면 오지 못하는 오늘이 속절없이 간다

III

홍매화 전언傳言

창밖의 아침 뜰이 환하다
막 피어나는 홍매화 몇 송이
박새 몇 마리가 그 언저리에 노래를 끼얹는다

창가에 앉아 봄이 오는 소리에 귀를 기울이면
이웃집에서도 비발디의 봄이
나직이 들려올 것만 같다

봄눈 군데군데 녹고 있는
앞산 응달에도 포근한 햇살
산발치의 산벚나무들은 머잖아 꽃 피울 태세다

지난 겨우내 몸도 마음도 유난히 움츠려서일까
홍매화 몇 송이가 밝혀주는
전언이 이다지도 환하다

봄맞이

홍매화 벙그는 아침 한때

담장 아래서 햇빛을 되쏘는 사금파리들,

응달의 관음죽들이 이고 있던 봄눈도 다 녹고

발랄하고 경쾌해지는 작은 새들의 날갯짓,

새 구두의 끈을 죄어 매고

마음의 빗장을 풀며 어디로든 가고 싶다

아무 데도 가지 않고 아무도 안 만나고 싶던

지난날들은 멀리멀리 떠나보내 버리고

오는 봄을 품어 안으면서,

종달새에게

너는 어디까지 갔다가 이리로 오니
이른 봄날 보리밭에 내려앉았다
유리알같이 맑은 하늘로 솟구치는 너는
그 하늘 자락 데리고 되돌아와서
보리밭에 천상의 노래들을 끼얹고 있니
수직으로 내려오면서 노래 부르고
튕기듯이 솟구치며 지저귀니
너는 어디 갔다 오길래 맑은 봄날
이리도 고운 복음을 날라다 주는 거니
쉴 새 없이 날아오르고 내리면서
먼먼 천상과 이 지상을 아우르고 있니
새봄의 화신과 같이 그 정령처럼
유리알 같은 소리로 지저귀는 거니

창가에 앉아

양지바른 창가에 앉아
졸 듯 말 듯 쉰다
창밖의 빈 나뭇가지에서
이따금 멧새들이 지저귀지만
그 소리도 들리다 말다 한다
앞산 응달에는 희끗한 잔설
세상이 마음 같지 않아
괴롭고 아프지만
정신 줄을 놓듯 쉰다

새봄이 다가오는 길목에서는
낯선 설렘과 기대감
세상은 한 치 앞도 알 수 없는
무명 길인 줄 알고는 있더라도
꿈결에 들고 나면서
양지바른 창가에 앉아 쉰다

새봄 새 아침

개나리꽃 피고 목련꽃도 피는 아침
포근한 햇빛, 그 햇살에 안긴다

내 마음에도 몇 송이 꽃이 벙그는지
간밤 악몽도 말끔하게 지워진다

꿈속에서는 멀리 날아가던 멧새들도
마당에 날아들어 밝게 지저귀고
겨우내 웅크리고 있던 벽오동나무는
몇 번째 빈 몸을 흔들어 보인다

만나고 싶은 사람도 멀리한 채
입 막고 코도 막은 채 맞이하던 봄을
이젠 그 세월 너머 떠나보내며
모처럼 오는 새봄의 아침을 맞이한다

마스크를 벗고 만나는 사람들의

얼굴이 도리어 낯설어 보이기도 한다

마음속의 마스크도 벗어 던지고
멀리한 사람에게도 다가가고 싶다

봄 환상

새잎 돋는 계수나무 가지에
참새들이 발랄한 노래를 끼얹는다

계수나무 아래서 떡방아 찧던 토끼들이
간밤의 달빛을 타고 앞산에 내려와
도토리 줍느라 뛰어다니고 있을까

아지랑이 피어오르면 아릿한 설렘
오래 잊고 있던 옛날이 되돌아오고
즐겨 부르던 동요 속 꿈길도 다시 보인다

잠깐의 아지랑이 같은 환상일지라도
거기 깃들어 머무르고 싶다

봄, 꿈

막 피어나는 튤립꽃에 잠깐, 그 봉우리에

맨발로 뛰어내리는 햇빛, 따끈한

햇살에 안겨 잠깐이라도 머무르고 싶네

멧새들이 날아들어 깔아주는 몇 소절의

맑고 밝은 노래와 그 후렴 속에

그 순간만큼이라도 깃들어 머무르고 싶네

배꽃 피는 밤에

울적한 마음 달래려 밤 이슥토록
인적 없는 오솔길을 홀로 서성인다
나지막한 울타리 너머 배나무 몇 그루
배꽃에 희디희게 내리는 달빛
달빛 아래 흐드러진 배꽃들을 바라본다

아득히 먼 옛날 할아버지* 생각이
은하처럼, 배꽃에 내리는 달빛처럼 밀려온다
삼경에 구슬피 우는 두견새도
임 그리는 그 애틋한 심중을 어찌 알았으랴
병과 같은 다정을 어찌 알았으랴

봄이 와도 봄이 오기를 기다리는 마음
밤 깊도록 배꽃 위에 내리는
달빛을, 흰 달빛 내려앉는 배꽃들을
그러안아 봐도 왜 이다지 울적한지
여전히 마음의 봄은 멀기만 한지

* 고려시대의 이조년李兆年

꽃 한 송이

마음 비운 자리에 꽃 한 송이 핀다

저 생명의 절정인 꽃,

비워서 차오르는 저 절정의 찰나를

처음이듯, 마지막이듯

깊이, 더 깊이 끌어당겨 그러안는다

이 찰나가 영원이듯,

영원이 바로 이 찰나이듯, 피어나는

절정의 꽃 한 송이

마음 내려놓은 자리에 그 꽃이 핀다

보라별꽃

아무도 살지 않는 옛집 마당에

하늘에서 내려온 별들이 소복이 앉아 있다

아득히 가버린 옛날이 그리워

그 추억이라도 불러 모아 보려 찾아왔는데

하늘이 간밤에 내린 선물일까

밤하늘의 별들을 올려다보며 키우던 꿈들이

보랏빛 옷을 입고 온 것 같아

내 마음에도 오종종 보라별꽃이 피어난다

옛 추억들도 가까이 다가온다

악몽과 커피

이른 봄 아침에 마시는 커피 한 잔
간밤 꿈속의 장면들이 하도 사나워
물 마시듯 비워 버린다
하지만 악몽은 물러나지 않는다

창밖에는 환하게 피는 꽃들

꿈 깨어나 한참 됐는데도 여전히
내 등 뒤를 겨누고 있는 칼날
복면 뒤에 숨은 사람이 어른댄다

창 너머는 맑고 밝은 새소리

요즘은 자주 악몽에 시달리므로
그러려니 하면 될 텐데
왜 이다지도 아파하고 있는 것일까
애꿎은 커피잔을 비우고 또 비운다

언덕 저 너머

언덕 저 너머 누가 살고 있는지
멀지 않은데 여태 가보지 않은
언덕 저 너머 어떤 꽃이 피고 있는지

가보고 싶어도 가보지 않은
저 언덕 너머는 꿈속의 마을
꿈길에서만 만나보고 싶은 마을
언덕을 넘으면 꿈이 깨질 것만 같아
누가 어떻게 살고 어떤 꽃이 피는지
꿈결에는 몇 차례나 가보았지만
꽃 피고 새가 우는 이 봄에도
서성이며 저어하는 이 마음

아지랑이처럼 피어오르는 그리움들을
붙들어 앉혀놓고 언덕 저 너머
꿈속 마을을 꿈결에만 찾아간다

편백나무 향기

햇빛 따갑게 뛰어내리는 여름 한낮
아낙네들이 몇몇 편백나무 그늘
편백나무 의자에 앉아 수다를 떤다
저 나무가 드리운 그늘 때문일까

바람이 흔들어 깨우는 특유의 향기와
피부에 좋다는 소문 때문인지도 모른다
편백 사우나를 즐기는 터라
끼어들고 싶지만 그럴 수 없어 바라본다
저 수다가 끝나고 난 뒤에는
편백나무 그늘 저 의자로 슬며시 가서
아무 말도 하지 않고 앉아 있고 싶다

아토피 피부 탓도 없지는 않지만
편백 향기가 끌어당기기 때문일까
아낙네들이 모두 떠나가자 곧장
마음 먼저 그 의자에 가서 앉는다

나뭇잎 하나

한나절 구름 위에서 노닌다
서 있어도 발이 하늘로 뜨는 것 같다

우러러보기만 하던 산에 올라 내려다보면
구름 아래 모여앉은 집들이 장난감 같다
산다는 게 어쩌면 소꿉놀이 같은 걸까

저기서 아웅다웅 안간힘쓰고 있었던가
거미줄 같은 길에서 앞서거니 뒤서거니
하루에도 몇 번씩 갰다 흐렸다 하던 마음

발치에 떨어져 시드는 나뭇잎 하나가
물끄러미 쳐다보는 것 같다

는개

따라가면 멀어지고 멀어지다 돌아오는
희미한 기억처럼, 해묵은
그리움처럼
차창에 어룽거리는 는개

지향 없이 정처도 없이 길을 가노라면
다가오다 물러서고 물러서다 다가오는

옛날이듯, 가까이 오래된
오늘이듯이
떨쳐내려야 떨칠 수 없이
차창 너머 끊이지 않고 밀려오는 는개

영감靈感

가다가 돌아오고 돌아와 다시 가고
가고 난 뒤 되돌아오고
되돌아와 다시 가버리는 바람같이

기다리면 오지 않다가도
기다리지 않는데 가까워지고
다가가려 하면 멀어지고
멀어지다가는 또 오듯 말듯
허공을 떠도는 구름같이

날이면 날마다 밤낮으로 꿈꾸지만
악몽과 길몽이 길항하며
빚어내는 비의의 결과 무늬들같이

그루잠의 꿈

다시 그루잠, 동틀 무렵의 꿈속에선
그전과 사뭇 다른 장면들이 선연했다
요즘 자주 가위눌려서 그랬는지
몸도 마음도 옥죄는 꿈에서 깨었는데
다시 든 잠 속에선 내가 새였다
먼 하늘과 망망대해가 맞닿은 곳에서
자유분방하게 날고 있는 갈매기,
아마도 날개가 큰 괭이갈매기 같았다
수평선을 따라서 끝 간 데 없이
날아가다가 잠이 깨버려 잠깐이라도
눈감은 채 그 꿈속에 머물고 싶었다

성聖 풍경
—노부부

산자락의 해거름 고목 가지에
남은 잎들이 매달리고 있다
묵정밭 끼고 앉아 있는
외딴집 야트막한 굴뚝 위로
정겹게 번져 흐르는 저녁연기

섬돌 위엔 낡은 신발 한 켤레
집주인은 은자의 후예인지
나직나직한 기도 소리
저녁 밥상 차려 든 노파가
다소곳이 방문 열고 들어간다

뒷산 그림자 지우는 저녁놀도
가끔 들려 오는 범종 소리도
발길을 머무르게 한다
노부부의 고즈넉한 여생이
외질지라도 성스러워 보인다

성聖 풍경
—고사목

산골 마을 어귀의 고사목 한 그루

다 비우고 내려놓은 듯해도

그 앞에서 올려다보면

오랜 세파의 고난을 쟁이고 삭이며

제자리를 지키고 있어

나도 모르게 고개 숙여진다

천상에 든 성자 같아 손을 모은다

IV

낙조落照

수평선 위의 지는 해를 바라본다
지는 햇빛이 저리도 찬란해 보이는 것은
언제나 어디서나 한결같던 그분의
생애를 떠올리게 하기 때문일까

잘 사는 것은 잘 내려놓는 것이라는 말의
의미를 일깨우고 앞장서 보이던
그분의 겸허한 구도와 사랑의 빛,
세상 떠날 때까지 베풀고 나누던
그 모습, 이토록 우러르게 하며
서녘 노을마저 우러러보게 하는 것일까

해가 수평선 너머 가버린 뒤에도
발길 돌리지 않은 채 우러르는 건
그분 생애와 지는 햇빛이 한데 어우러진
장엄한 서사로 보이기 때문일까

황혼 점묘

해가 서산을 넘어가는 황혼 무렵
허리 굽은 노인이 구부러진 언덕길을
폐지 수레를 밀며 힘겹게 오른다

저 폐지들이 생활에 얼마나 보탬이 될까
다리 저는 노파가 빈 유모차를 밀며
가다가 쉬다가 그 뒤를 따라간다

단둘만 사는 노부부인 것 같은데
삶이 고단해도 마음은 따스해 보인다
그 언덕길을 내 마음도 따라간다

날 저물면 허전하고 쓸쓸하지만
마음 가라앉혀 따스한 불을 지핀다
서녘에는 이내 스러질 노을이 붉게 탄다

해시海市

바닷가에서 서성거리다가 불현듯
거룻배를 타고 오는 옛 친구가 보였다
갈매기들과 함께 점점 가까이 다가오는
그의 펄럭이는 옷자락, 오래전
헤어질 때 입었던 옷차림 그대로였다

하지만 내가 손을 내밀자 친구는
부질없다는 듯 손사래 치며 멀어져 갔다
차마 잊지 못해 헛보이던 해시海市였을까
갯바위엔 허옇게 부서지는 포말,

갈매기들도 그 너머로 사라져 버리고
홀연 떠난 옛 친구를 기다리던
간절한 내 마음도 포말처럼 부서졌다
바닷가를 헤매다가 해시亥時 동안에는
술잔 속의 그와 옛날을 거닐었다

녹명鹿鳴
—어떤 가인歌人

사슴 같은 사람을 만나면
나를 들여다보게 된다
언제나 나누고 베푸는 그 사람은
사슴 우는 소리를 좋아할까
먹이만 찾으면 목 놓아 울면서
다른 사슴들을 불러 모아서
함께 나눠 먹는 사슴을 좋아할까
그래서 사슴 같은 가인이 됐을까
그 가인만 만나면 부끄럽다
나만 살겠다는 사람들 틈에서
함께 살아가자는 그 사람은
사슴 울음 같은 노래를 부르면서
나를 들여다보게 한다
그 노래에 젖어 들게 한다

불만과 오만

위만 보고 아래를 보지 못했을까
마음에 차지 않으니
아래만 보고 위를 보지 못했을까
마음이 들떠 있으니

다시 들여다보자니
아래만 보면서 위는 보지 못했다
또다시 들여다보니
위만 보면서 아래는 보지 못했다

유무有無
—너는 누구이길래

눈을 뜨면 보이지 않다가
눈감으면 보이고
따라가면 자취를 감췄다가
체념하고 돌아와
천장을 바라보면 다가오고
다가와서 이내
또다시 사라져 버리고 마는
너는 누구이길래
이다지도 애태우게 하는지
애태우며 오늘도
속절없이 떠돌고 헤매다가
눈감으면 보이다
눈을 뜨면 사라져 버리는지

무상無常

먼 산을 한참 바라보니 차츰 다가온다

하늘을 오래 올려다보니 차츰 내려온다

눈감았다 뜨니 하늘이 아득히 멀어진다

먼 산이 더욱 멀리 물러나 돌아앉는다

룽다와 낙엽

나뭇잎들이 시나브로 흩날린다
단풍나무가 우두커니 서서
제 발치를 내려다본다

나무 아래서 깜빡 졸고 있는 사이
언젠가 꿈속에서 마주쳤던
룽다와 타르초가 나부끼고 있었다

내 발치를 내려다본다
떨어져 뒹구는 나뭇잎들이
그 룽다의 주문을 외는 것 같다

줄줄줄

그 사람 그 얼굴에 철판 깐 것 같다고
입만 열면 거짓말이 줄줄줄 쏟아진다고
제 눈의 들보는 보려 하지도 않거나
아예 없는 듯 우기며
자기 탓을 남의 탓으로만 뒤집는다고
남들을 위한다면서도
남몰래 자기 논에만 물을 대고 난 뒤
그런 일 절대 없다며
마른논을 보면서 되레 물이 넘친다고

알만한 사람들은 다 알고 있을 텐데
염치도 간곳없는 막무가내 적반하장

철가면에 얼굴을 가리는 도적 같다고
누군가 목청을 높이며
거품을 물어도 소귀에 경 읽기라는데
그런 도적을 따르면서

줄줄줄 줄을 서서 편승하는 사람들이
차고 넘치는 세상이라
막가는 세상, 역주행하는 세상 같다고
한탄하는 사람이 어찌 그 한 사람뿐이랴
줄줄줄, 그 거짓 줄이 언제 끊기려는지

사람이 그립다 1

온종일 아무 곳에도 가지 않고
아무 말도 하지 않고 듣지도 않으며
홀로 있고 싶을 때가 있다

사람들이 붐비는 곳에 끼어들어서
아무에게나 무슨 말이든 가리지 않고
털어놓고 싶어질 때도 있다

따로 그러나 더불어 있거나
더불어 그러나 따로 있기도 하겠지만
물에 기름방울 돌 듯하는 것 같다

따로 있어도 더불어 있어도
사람 그립기는 마찬가지라서 그럴까
사람들 속에서 사람이 그립다

사람이 그립다 2

왜 그런지 요즘은
사람들이 붐비는 곳에 가도
사람이 아쉬워진다
홀로 있을 때보다 더욱
사람이 아쉬워진다
그리운 사람 찾아 나서 보아도
헤매는 나만 보인다
사람과 사람 사이에서
밀려난 떠돌이 같고
물 위에 도는 기름방울 같은
나와 마주 앉는다

속·실향失鄕

고향 가는 길은 눈물겹다
안개 자욱한 길을 느릿느릿 가다 보면
차창에 어른거리는 어린 시절부터
근래까지의 쓰라린 기억들이 안개와 함께
밀려오다 멀어지고 멀어지다 밀려온다
잊어버리고 싶은 일들이 떠오르고
잃어버린 것들은 잊히지 않는다

예부터 고향은 되돌아가고 싶은
그립고 따스한 곳이라고들 하지만
내겐 그런 고향이 이젠 없는 것일까
있어도 마음의 그림자에 가려 이런 걸까
고향 가는 길이 이리도 서러운 건
지난날을 아무리 목마르게 그리워한들
부질없기 때문인 것 같다

일찍 아버지 여의고 어머니도 떠나고

두 아우, 누나, 누이도 먼 세상으로 떠나
옛날로 거슬러 오르듯 찾아든 고향,
우리 다음 살던 사람들마저 어디로 갔는지
옛집은 허물어져 잡초만 무성할 뿐,
그래도 발길 돌리려다 저어하게 되는 건
옛날 한때로 회귀하는 마음 때문일까

자라봉 바라보며

눈발 흩날리는 고향마을 앞산 자라봉
그 너머로 멀고 가까운 지난날들이 얼비친다

엎드린 자라 등에 오르내리고
철없이 그 머리에 올라 뛰놀기도 하던
옛 시절이 눈발에 묻혀 오듯 어른댄다

잃어버린 날들이 너무 애달파
눈을 감고 그 꿈속으로 거슬러 오른다
부질없는 줄 알면서 끌어당겨도 본다

허물어진 옛집에는 인적도 안 보이고
아버지 여윈 편모슬하의 형제자매들도
멀리 떠났거나 헤어져서 산다

가면 못 돌아오는 곳으로 먼저 떠나간
어린 시절의 옛 가족들이 하도 그리워

홀로 찾아와 바라보는 자라봉

아버지 저승 가시던 날처럼 눈발이 흩날리고
얼비치던 지난날들도 이내 멀어진다

헛제삿밥

헛제삿밥 맛집 밥상 앞에 앉으니
세상 떠난 종갓집의 형수가 떠오른다
놋그릇에 담긴 고봉 잿밥,
재를 묻히며 정성 들여 놋그릇을 닦던
형수의 젖은 손도 어룽거린다

해마다 열 번 넘게 제사 들던 종갓집
부엌일 도우미 일손이 없어도
단 한 번도 얼굴 찌푸리지 않던 종부

첫닭 우는 소리 듣고 난 뒤에야
할아버지, 할머니 기리며 먹던 제삿밥
그 시절은 영영 가버리고
제사 올리지 않은 제삿밥을 먹노라면
이명 같은 제관들의 헛기침 소리

헛제삿밥 함께 먹는 일행은

마치 제사 올린 뒤처럼
한낮에 첫닭 울음소리를 떠올릴까
조상 앞에서 절을 올릴 때같이
그 음덕을 잊지는 않고 있는 걸까
헛제삿밥 밥상 앞에서는
그 옛날이 선하게 다가온다

옛 미덕美德

옛사람들은 감을 따면서
까치들을 위한 까치밥을 남겼다
이웃이나 걸인이 올까 봐
세 사람의 밥을 다섯 사람 몫으로 짓고
콩 한 포기 키우려는데도
새와 벌레 몫까지 세 알씩 심었다
들녘에서 음식 먹을 때도
고수레로 벌레들에게 베풀었다

베풂과 나눔의 미풍이었다
그렇다면 요즘은 어떠한가

그 양속은 전설이나 다름없다
위도 아래도 다르지 않게
너 죽고 나만 살자는 세상 아닌가
새나 벌레들에겐 고사하고
사람들에게도 각박하다 못해 야멸치다

내 편 네 편으로 가른 채
이전투구를 하는 세태 아닌가
우리의 옛 미덕이 아쉽다

윤옥순의 해바라기

윤옥순의 해바라기는
열정을 뿜어내는 영혼의 꽃입니다
하늘을 이고 태양을 좇아가는 해바라기에
뜨겁고 역동적인 내면을 투사한 꽃입니다
태양을 좇아가기보다는 그 빛을 끌어당겨
삭히고 발효시킨 생명력을 되쏘는
내면의 빛과 무늬들,
그 절정의 찰나를 표출한 꽃입니다
고흐가 미처 닿지 못했던 지점에 다다른
영역까지도 일깨우며 보여주기도 합니다
활달하고 적극적이면서도 감성이 촘촘한
윤옥순의 해바라기는 오직 그만의
영혼이 빚은 꽃입니다
바람에 흔들리기 때문에 거듭나는
더욱 뜨거운 열정과 역동하는 생명력을
분출하고 발산하는 발광체로 보입니다
한결같이 태양을 지향하고 열망하지만

스스로 태양같이 열정을 뿜어내는
꽃이 그 자신 같습니다

지우고 비우기

하루는 보기와 지우기로 시작된다
신문을 읽고 컴퓨터와 휴대전화를 들여다보지만
보고 난 다음에는 지우는 일부터 한다

달갑지 않은 세상사를 기억에서 지우려 하고
스팸메일과 영양가 적은 메일들은 지운다
페이스북, 카카오톡, 문자메시지도 마찬가지
대부분 지우고 일부만 새기며 본다
그중 극소수에 회신하고 메시지를 보태기도 한다
이처럼 지우는 일이 우선이다

세월이 흐를수록 깨닫는 것은
지우고 비우고 내려놓기가 채우기보다 먼저이고
그래야 새로이 차오르게 된다는 것,
모든 건 지나가고 떠나가게 마련일지라도
물 흐르듯, 그러면서 오늘이 마지막이듯
하루를 맞이하고 마무리해야 한다는 점이다

그러나 이 풍진세상은 고난의 바다 같다
하루에도 몇 번이나 비틀거리거나 흔들리면서도
지우고 비우려 마음을 다잡아 본다

오늘 하루

하루살이의 하루처럼
오늘 하루는
처음이자 마지막인 것같이
오늘 하루가
내 삶의 절정, 그 불꽃인 것처럼
오늘 하루가
절체절명의 끝날인 것같이
오늘 하루는
하루살이의 하루처럼

또 술타령

괴로워서 술 마시고 거나한 밤
그래도 지금 여기가 좋다
바깥은 캄캄하지만
그래도 이 순간이 고맙다
술에 취하니 안 취했을 때보다
나를 한껏 풀어놓고 있는
이곳이 무릉도원이라면
누가 핀잔을 줄지 몰라도
분별력도 잠들듯 거나해서 좋다
내가 나와 주거니 받거니
술잔을 기울이면서
술이 술을 들이켤 때까지
가보려 한다면 망발인지 모른다
설령 망발이라 하더라도
지금 이 밤이 좋다
내가 나와 노닥거리다가
나를 잊어버리면 더더욱 좋겠다

□ 해설

갇힘과 열림, 경계와 초월의 미학

조 창 환 (시인·아주대 명예교수)

ㅁ해설

갇힘과 열림, 경계와 초월의 미학

1

시력 반세기를 거쳐온 이태수 시인의 문학적 편력에는 다채로우면서도 일관된 특성이 있다. 그의 시에는 내면적 갈등을 순화하고 정화하는 자기반성과 성찰의 육성이 담겨있다. 그의 시에 나타나는 주된 특징은 자아의 참모습을 발견하기 위한 부단하고 치열한 노력의 흔적이며, 대상과 세계를 향한 성실하고 진지한 자세의 표출이다. 이태수 시인의 시에 보이는 의식의 갈등과 혼란은, 대부분의 경우, 파탄에까지 이르지는 않는다. 그의 시에서는 흔들리고 거칠고 혼란스러운 삶의 모습이 안정되고 유려하며 정돈된 모습을 보여준다.

이러한 변증법적 통합의 원리는 이 시인의 온유한 성품과 진지한 탐구 정신에 기인한 것으로 보인다. 이태수 시인은 특정의 이념을 목청 높여 부르짖거나 과장된 투사적 육성으로 자기를 과시하지 않는다. 그의 시선은 자신의 내면을 향해 진지하게 탐구하고 탐색하는 자세를 취하고 있다. 그는 폭력적이거나 극단적이거나 과장된 언어를 사용하지 않는다. 그의 시는 온건하면서 교양이 있고, 중도적이면서 깊이가 있고, 평이하면서 깨우침이 있는 언어를 구사한다. 이 점이 이태수 시인의 시적 가치를 높여주는 열쇠가 되며, 이태수 시인의 개성적 특성을 보여주는 통로가 된다.

이제부터 우리는 자기 성찰과 경계 초월, 실존적 생체험의 인식과 영원을 향한 갈망이라는 이태수 시의 주조저음에 대해 살펴보려 한다. 이번 시집에 나타난 이러한 특성을 천착하기 위하여, 필자는, 이 시집에 나타난 몇 개의 키워드를 중심으로 분석하는 방법을 택하려 한다. '유리벽', '쉼'과 '바라봄', '영원'과 '은총' 등이 그 키워드가 된다.

2

이 시집에는 「유리벽 안팎」이라는 제목의 시가 두 편 들어 있다. 시의 제목에서 시인은 굳이 '유리창'이 아니라 '유리벽'이라는 단어를 사용하고 있다. '유리창'이라고 하면 될 것을 '유리벽'이라고 쓰는 까닭은 무엇일까. 더욱이 시 「유리벽 안팎 1」의 본문에는 '유리창'이라는 단어가 두 번이나 나온다. 그것은 '창'과 '벽'을 구분하여

인식하는 시인의 심리상태와 연관이 있고, '창'이 '벽'이 되는 현실에 대한 반성적 관찰이 바탕에 깔려있다.

유리창 너머 새가 날아왔다가 간다
새가 앉았던 나무에 바람이 지나가고
바람이 가고 오는 동안에는
구름 따라왔는지, 바람을 따라가는지
먼 날들이 다가왔다가 간다

지난날 붙잡으려던 미련도 내려놓는다
산 너머로는 구름이 떠가고
하늘 저편으로 비행기가 날아간다
안과 밖을 갈라놓는 유리벽,
이 투명하지만 견고한 벽에 갇힌 나는
벗어나려고 안간힘쓰면서도
한편으로는 왜 눌러앉으려 하는지
앞길로만 갈 줄밖에 모르는
세월은 언제까지나 같은 걸음으로 간다

가서 돌아오는 것들도 가고
다시는 돌아오지 못하는 것들도 간다
유리창 밖을 바라보고 있던
내 마음이 그 풍경 속으로 갔다 오고

돌아와서는 가는 것들을 따라간다

—「유리벽 안팎 1」 전문

그렇다면 나는 자초해서
유리벽에 갇힌 걸까요

(중략)

때로는 나를 가둬놓고
바깥을 바라보기만 해요

—「유리벽 안팎 2」 부분

이 시에서는 유리창을 말끔히 닦고 창밖을 내다보는 시인의 모습에 대해 시인이 스스로를 유리벽 안에 가두었다고 말한다. 시인은 자아를 유리창 안에 가두어 놓고, 그 갇힌 상태에서 바깥을 바라보기만 한다. 창밖에는 새 한 마리가 무심히 지저귀다 가고 바람도 창을 두드리다 간다. 창 안의 나는 외부의 사물이나 사건에 대해 아무 반응을 보이지 않으므로 창밖의 사물이나 사건도 원래의 경지로 되돌아간다는 것이 이 시의 내용이다. 일견 평범하고 무미건조해 보이는 이 시에서 우리는 인생의 내밀한 부분을 들여다본 시인의 원숙하고 자유로운 시선을 엿볼 수 있다.

달빛이 따스한 말들을 품고 내려온다

뜰의 빈 나뭇가지들을 어루만지고
낙엽들이 뒹굴며 가는 길을 밝혀 준다

찬바람이 이마를 부딪는 유리창 너머
어둠을 헤집으며 뛰어내리는 달빛,
귀를 기울이면 따스한 말들이 들려온다

뜬금없는 느낌인지는 알 수 없으나
한겨울밤의 달빛은
포근한 기억을 데려다주기도 한다

언젠가 섣달 밤에 뜬눈으로 뒤척이다가
들었던 달빛의 그 은밀한 말들이
창을 넘으며 속삭이듯이 다가온다

처마 끝에 매달린 고드름들이 자라나고
동장군이 위세를 떨치는 한겨울밤

나도 낙엽들을 가슴에 품어 안는다
—「한겨울 달빛」 전문

이 시에서도 유리창은 안과 밖을 연결하기도 하고 가로막기도 하는 경계선이 되어 있다. 유리창 너머에는 낙엽이 있고, 어둠이 있고, 달빛이 있다. 시인은 뒹구는 낙엽과 "어둠을 헤집으며 떠어내리는 달빛"에 귀 기울이면 거기 "따스한 말들이 들려온다"는 것을 안다. 시의 뒷부분에서 "그것은 포근한 기억"이며, "달빛의 그 은밀한 말들"이라고 말함으로써 이 시의 정서적 무게추가 긴장과 갈등보다 관조와 평온 쪽에 기울어져 있음을 깨닫게 한다. 그러한 추억과 기억의 색깔이 포근하고 부드럽다는 것은 이 시인의 생애가 온건하고 유연하였다는 것을 방증하는 예가 되기도 하고, 이 시인이 지향하는 이상적 세계의 모습이 화해와 평화와 조화의 경지라는 것을 가리키는 지침이 되기도 한다.

3

이태수의 시에는 행동 대신에 사색이 있고, 속박 대신에 자유가 있다. 그의 시에는 긴장보다는 여유가 있고, 노동보다는 휴식이 있다. 이태수는 사건이나 상황의 한복판으로 들어가 투쟁하는 주인공이 되기를 원치 않는다. 그는 사건이나 상황의 외곽에 머물면서 일상이나 존재의 그늘을 음미한다. 이태수의 시는, 대부분, 쉬면서 쓴 것들이고, 바라보면서 쓴 것들이고, 회고하면서 쓴 것들이고, 자신의 내면을 성찰하면서 쓴 것들이다. 이 시집에 실려있는 시들이 대상에 대한 긴장보다는 세계와의 화해에 무게를 두고 있는 것은 그러한 특성 때문이라 할 수 있다.

낙엽 서너 잎이 빈 의자에 앉아 있다

붐비던 사람들이 다 가버린 마을 쉼터

땅거미 내릴 때 바람도 쉬고 있는지,

이따금 작은 새들이 낮게 지저귀다 간다

—「쉼터 의자」 부분

새봄이 다가오는 길목에서는
낯선 설렘과 기대감
세상은 한 치 앞도 알 수 없는
무명 길인 줄 알고는 있더라도
꿈결에 들고 나면서
양지바른 창가에 앉아 쉰다

—「창가에 앉아」 부분

이태수 시에 나타난 쉼의 모습은 게으르거나 무기력하거나 무책임하기 때문에 생겨난 쉼이 아니다. 그의 시에 나타난 쉼은 사물에 대해 깊이 관찰하는 자세를 일컫는 말이며, 사색하는 모습의 외형을 일컫는 말이며, 존재의 본질이 무명임을 깨달은 자의 겉모습이다. 다른 사람들이 일하고 싸우고 부딪치고 쟁취할 때 이 시인은 그 투쟁의 현장에서 한걸음 비켜서 있는 입장을 취한다. 이 시인의 삶이라 해서 갈등과 투쟁이 없을 리 만무하겠지만, 그는 그 갈등과 투쟁의 모습보다는 휴식과 관조의 모습을 더 부각하고 싶어 한다.

쉬면서 바라보는 일이 이 시인이 하는 가장 중요한 노동이라는 생각이 든다. 그의 대부분의 시가 관찰과 묘사로 이루어져 있다는 점은 이러한 특성과 관계가 있다. 바라보는 일의 여유로움과 평화로움은 이 시집의 작자뿐 아니라 독자에게도 위안과 관용을 베풀어 준다. 너그러움과 여유를 지닌 마음으로 긴장을 풀고 소소하고 일상적인 생활 주변의 세상사에서 작은 기쁨을 발견하는 일, 황혼과 낙조와 바람과 구름에서 과거의 기억을 연상해 내고 사랑과 밝음과 위안을 찾아내는 일이 이 시집의 작자가 하는 일이다.

무엇인가를 찾기 위해 바라보는 일이 아니라, 바라보는 시선 자체가 아름답다는 의미에서 우리는 이를 '바라봄의 미학'이라 말해도 좋을 것이다. 바라봄의 미학이야말로 이태수의 시가 지닌 개성이며 장점이라 할 수 있다.

우러러보기만 하던 산에 올라 내려다보면
구름 아래 모여앉은 집들이 장난감 같다
산다는 게 어쩌면 소꿉놀이 같은 걸까

—「나뭇잎 하나」 부분

따라가면 멀어지고 멀어지다 돌아오는
희미한 기억처럼, 해묵은
그리움처럼
차창에 어룽거리는 는개

—「는개」 부분

수평선 위의 지는 해를 바라본다
지는 햇빛이 저리도 찬란해 보이는 것은
언제나 어디서나 한결같던 그분의
생애를 떠올리게 하기 때문일까

—「낙조落照」 부분

위의 시들에는 이태수 시에 나타난 바라봄의 미학이라 할만한 요소들이 드러나 있다. 높은 곳에서 내려다보면 다투고 싸우며 살아가는 우리 생존의 모습이 소꿉놀이 같다는 생각이 든다거나(「나뭇잎 하나」), 차창 너머 끊이지 않고 밀려오는 는개를 보면서 희미한 기억을 떠올려 해묵은 그리움을 회상하는 모습(「는개」)은 반성적이며 회고적이다.

특히 수평선 위의 지는 해를 바라보면서 위대한 어느 분의 생애를 떠올리는 시 (「낙조落照」)는 영성적 사색의 흔적을 담고 있다. 이 시에 등장하는 '그분'이 그리스도를 암시한 것인지, 아니면 어느 성인을 암시한 것인지는 알 수 없지만, 해지는 낙조를 바라보면서 종교적 영성에 관계되는 체험을 고백하고 장엄하고 위대한 생애에 대한 경외감과 존경심에 사로잡히는 것은 이 시인이 지향하는 정신적 목표를 알려준다.

4

이러한 바라봄의 미학을 가능하게 하는 힘은 이 시인이 겪는 내면적 고독감에서 오는 것 같다. 사람들 속에 섞여 있으면서도 고독을 느끼고, 타인과 더불어 지내면서도 그 속에서 헤매는 자아의 모습만 보이는 상태는 이 시인이 철저한 고독 속에 침잠되어 있음을 알게 해 준다.

따로 있어도 더불어 있어도
사람 그립기는 마찬가지라서 그럴까
사람들 속에서 사람이 그립다

—「사람이 그립다 1」 부분

그리운 사람 찾아 나서 보아도
헤매는 나만 보인다
사람과 사람 사이에서
밀려난 떠돌이 같고
물 위에 도는 기름방울 같은
나와 마주 앉는다

—「사람이 그립다 2」 부분

따로 지내는 일은 고독감에 연결되고 더불어 지내는 일은 사회적 소통에 연결된다고 생각하기 쉽지만, 이 시인의 경우에는 따로 홀로 지내건 타인과 더불어 지내건 그 고독감에서 벗어날 수 없다. 시인의 내면에 자아와 타인을 구분하는 두꺼운 벽이 존재하고 있기 때문이다. 그 벽은 타인과 관계 맺는 사회적 소통 속에서 해결되는 것이 아니다. 그러므로 시인은 "따로 있어도 더불어 있어도/사람 그립기는 마찬가지"라는 깨달음을 얻는다. 그는 자신을 "밀려난 떠돌이" 같고, "물 위에 도는 기름방울" 같다고 느낀다. 이러한 절대적 고독감은 그의 시가 지닌 내성적 시선을 강화해 준다.

고독 속에서의 사색이야말로 이 시인의 시에 깊이와 진정성을 더하는 요인이 된다. 인간은, 철저하게 고독할 때, 비로소 자아의 내면으로 철저하게 침잠할 수 있다. 이태수 시가 자기반성적이고 내면 성찰적인 경향을 띠는 것은 이러한 절대적 고독감에 바탕을 둔 것이라 여겨진다.

빗장 지르고 스스로 갇혀 있는

나는 절해고도다

모든 것이 내 탓인지 알 수 없지만

사람들 속에서 사람이 하도 그리워

사람을 찾아가는

세파 속의 꿈 꾸는 절해고도다

—「절해고도絶海孤島 2」 전문

자신의 내면을 절해고도라고 인식하는 주체는 그 절대적 고독감에서 벗어나고 싶어 하지만 그것이 현실적으로 불가능한 소망임을 깨닫는다. 이 철저한 고립 상태는 시인이 자신을 속박하는 굴레가 되며 스스로를 억압하는 감옥이 된다. 자기 자신이 갇혀 있다는 자각을 하는 순간부터 시인은 탈출을 꿈꾸지만, 현실적으로 쉽지 않음을 깨닫는다. 이때 현상적 갇힘의 세계로부터 이상적 열림의 세계로 탈출하고자 하는 욕망은 그의 시선을 외부가 아닌 내부로 돌리게 만드는 동인이 된다.

이러한 심리상태는 불결하고 부조리한 "이 풍진세상이 싫어져" 아무도 없는 데 가서 홀로 지내고 싶은 마음(「절해고도絶海孤島 1」)과 "사람들 속에서 사람이 하도 그리워/사람을 찾아가는" 마음(「절해고도 2」)의 이중적 심리상태로 드러난다. 이 모순되고 중첩된 심리상태는 외적 현실의 내적 극복이라는 방향으로 해결점을 찾아 나아간다. 온건하고 평화로워 보이는 이태수 시가 이처럼 치열한 내면적 혼돈의 과정을 거친 결과물이라는 점에 주목할 필요가 있다.

내면적 고독감은 자아 성찰의 계기를 마련한다. 자아를 성찰하는 사람은 과거의 추억을 회상하면서도 거기서 의미를 찾으려 노력한다. 이태수 시에 나타나는 추억의 언어는 단순한 유년 회상의 의미를 넘어서서 생명 존재의 실존적 가치에 대한 반추를 담고 있다.

헛제삿밥 맛집 밥상 앞에 앉으니
세상 떠난 종갓집의 형수가 떠오른다
놋그릇에 담긴 고봉 젯밥,
재를 묻히며 정성 들여 놋그릇을 닦던
형수의 젖은 손도 어룽거린다

—「헛제삿밥」 부분

옛사람들은 감을 따면서
까치들을 위한 까치밥을 남겼다

(중략)

너 죽고 나만 살자는 세상 아닌가
새나 벌레들에겐 고사하고
사람들에게도 각박하다 못해 야멸치다

—「옛 미덕美德」 부분

나만 살겠다는 사람들 틈에서
함께 살아가자는 그 사람은
사슴 울음 같은 노래를 부르면서
나를 들여다보게 한다
그 노래에 젖어 들게 한다

—「녹명鹿鳴」 부분

위 시 「헛제삿밥」은 유년의 추억을 회상하는 시이다. 종갓집 형수에 대한 추억과 헛제삿밥에 대한 추억이 겹친 유년의 기억은 따뜻하고 정겹다. 그런 시절이 다시 오지 않는다는 데 대한 아쉬움과 함께 소소한 생활 속에서 인정미를 느끼던 날에 대한 아름다운 기억은 시인의 뇌리에 깊이 각인되어 있다.

한편 시 「옛 미덕美德」에는 감나무에 까치밥을 남겨놓던 옛 미덕을 생각하면서 각박해지고 삭막해진 오늘의 현실을 개탄하는 모습이 그려져 있다. "새나 벌레들에겐 고사하고/사람들에게도 각박하다 못해 야멸찬" 오늘날의 세태는 이기적이고 비인간적이다. 새와 벌레까지도 나눔의 대상으로 삼고 함께 베풀고 살던 미풍양속은 사라진 지 오래되었다. 현대를 살아가는 우리는 오직 이기적 경쟁과 이익만이 절대적 가치가 되어버린 세상에 살고 있지 않은가. 이러한 반성적 사고 속에서 시인은 자아를 돌이켜본다.

시 「녹명鹿鳴」에서는 이기적 욕망으로 가득 찬 사람들 속에서 사슴 울음처럼 귀하고 품격 있는 노래를 듣고 감명받는다. 시인은 함께 살아가자는 그 사람의 목소리에 깊이 공감한다. 그 사람의 노래는 시인 자신을 돌아보게 하는 계기가 되고 부끄러움과 죄송함의 심정을 일깨우는 자극제가 된다.

이태수 시에 나타나는 내적 성찰과 자아 탐구의 언어

는 모두 절대적 고독감에서 발원한 것이라는 점이 주목할 만하다. 시인이 유년 회상이나 어린 날의 추억에 사로잡혀 있는 경우에도 그 배경에는 고독감과 외로움의 심정이 개재되어 있다. 이 점이 이태수 시의 심리적 원형이라 할 만하다.

5

이태수 시는 온유하고 평온한 심성을 표현하고 있는 듯이 보이지만, 그러한 심경에 도달하기 전의 심리상태는 고통스러운 시련과 고뇌의 시간을 거쳤음을 기억할 필요가 있다. 그의 시가 단순하고 피상적인 심정 고백의 차원을 넘어서는 연유가 여기에 있다. 절대적 고독감과 타인에 대한 괴리감은 시인에게 불면의 밤을 겪게 하고 악몽에 시달리는 잠을 가져다준다.

시인은 시 「한밤중 바람」에서 "달도 없고 별도 잠들어 캄캄한 한밤중에" 불 꺼진 창을 두들기는 바람 소리를 들으며 괴로운 불면의 밤을 지새운다는 것을 고백한다. 그는 이 시에서 한밤중에 부는 바람이 "내 불면의 속사정을 알아차리고/지나치려다 말고 그 어둠을/깨트려 주기라도 하려는 것일까"라고 읊으면서 자신에게 닥친 불면의 밤에 대해 괴로워한다. 이러한 모습은 시인이 겪어야 하는 내적 시련의 아픔을 느끼게 해 주기도 한다.

아침인 줄 착각하고 눈뜨니 이른 새벽
악몽을 벗어나 다행이지만
창밖에는 북풍한설 몰아치는 소리
꿈속 장면들도 천장에 어른거린다

제 눈에 안경이라는데 이즈음은 왜
세상이 캄캄하게만 보이는지
마음의 안경을 갈아낄 수는 없을지

—「섣달 아침」 부분

창밖에는 환하게 피는 꽃들

꿈 깨어나 한참 됐는데도 여전히
내 등 뒤를 겨누고 있는 칼날
복면 뒤에 숨은 사람이 어른댄다

창 너머는 맑고 밝은 새소리

—「악몽과 커피」 부분

위의 시 「섣달 아침」에서는 "이즈음은 왜/세상이 캄캄하게만 보이는지/마음의 안경을 갈아낄 수는 없을지"라고 하며 거꾸로 돌아가는 것만 같은 세상을 근심하는 자아의 모습을 묘사한다. 그런 밤에 꾸는 꿈은 악몽이어서 잠 깨는 시간이 다행으로 여겨진다. 잠 깨어도 천장에는 꿈속 장면들이 어른거리고 창밖에는 북풍한설이 몰아치는 소리가 들린다. 시인은 이러한 시련의 밤이 빨리 끝나고 밝은 아침이 오기를 고대한다.

시 「악몽과 커피」를 보면 악몽에서 깨어났다고 모든 일이 해결되지는 않는다는 것을 보여준다. 잠 깨어 창밖을 보니 환한 꽃들 피어있고, 맑고 밝은 새소리 들리는데 마음속으로는 복면 쓴 사람이 등 뒤에서 칼날을 겨누고 있는 것처럼 불길하고 불안한 느낌을 지울 수 없다. 이는 시인의 마음속에 불안과 공포가 남아있기 때문이다. 이 불길하고 불안한 심정은 외부 세계와 차단된 시인의 고독한 내적 긴장감에서 오는 것처럼 보인다. 갇힌 세계로부터 탈출을 꿈꾸지만 그것이 쉽게 이루어지지 못할 때 시인은 갇힌 세계의 억압과 공포를 느끼는 것이다.

이 억압과 공포, 불안과 폐쇄감은 안과 밖의 단절과 절연이라는 긴장감을 유발한다. 이 글의 첫머리에서 살펴본 유리창과 유라벽의 소통과 단절의 이중성에 관한 심리상태도 이러한 맥락에서 이해될 수 있다.

이 억압과 폐쇄의 감정에서 해방되는 방법은 무엇인가. 갇힌 공간에서 벗어나려는 탈출에의 욕망은 다음 시에서 보이는 바와 같은 시인의 내적 상상으로 해결점을 찾는다. 잠과 꿈에서 받은 고통과 아픔을 잠과 꿈으로 해결하는 방식이다.

다시 든 잠 속에선 내가 새였다
먼 하늘과 망망대해가 맞닿은 곳에서
자유분방하게 날고 있는 갈매기,
아마도 날개가 큰 괭이갈매기 같았다
수평선을 따라서 끝 간 데 없이
날아가다가 잠을 깨 버려 잠깐이라도
눈감은 채 그 꿈속에 머물고 싶었다

—「그루잠의 꿈」 부분

비상하는 새는 탈출과 자유의 등가적 상관물이다. 자유롭게 비상하는 갈매기가 되어 수평선 끝으로 날아가는 새의 모습은 시인이 꿈꾸던 내면의 모습이다. 막힘도 없고 거리낌도 없는 자아의 모습은 현실에서 실현하기 어려운 이상 세계 속에 존재한다. 시인은 그 꿈속에 오래 머물고 싶어 하지만 아쉽게도 잠이 깨버려 꿈도 깨버린다. 이 시에서 보여지는 탈출에의 욕망은 갇힌 세계에서 열린 세계로, 억압에서 자유로, 갈등에서 평화로 전환하는 동력이 된다. 그 탈출에의 욕망과 자유에의 의지가 지향하는 길은 이태수 시의 궁극적 가치관에 연결된다.

마음 비운 자리에 꽃 한 송이 핀다

저 생명의 절정인 꽃,

비워서 차오르는 저 절정의 찰나를

처음이듯, 마지막이듯

깊이, 더 깊이 끌어당겨 그러안는다

이 찰나가 영원이듯,

영원이 바로 이 찰나이듯, 피어나는

절정의 꽃 한 송이

마음 내려놓은 자리에 그 꽃이 핀다

—「꽃 한 송이」 전문

이 시집에서 가장 울림이 깊고 가장 감명 깊은 시 한 편을 고르라면 나는 이 시 「꽃 한 송이」를 고를 것이다. 이 시의 철학적 차원은 찰나와 영원을 아우르는 시간성을 지녔다. 이 시에서는 비움과 갖춤을 함께 지닌 영성적 정신의 깊이가 느껴지고 아름다움을 관조하는 미학적 관찰의 섬세함이 느껴진다. 시인이 바라보는 꽃 한 송이는 생명의 절정이면서 그 절정의 찰나를 영원으로 승화시키는 절대적 아름다움의 환희가 있다. 그 꽃의 진정한 아름다움은 탐욕과 이기심과 물신주의에 물든 어지러운 속세의 감정으로는 제대로 감상하고 음미할 수가 없다.

꽃을 바라보기 전에 마음을 먼저 비워야 한다. "마음 비운 자리에 꽃 한 송이 핀다"라는 이 시의 첫 구절은 이러한 마음의 경지를 전제한 것이다. "비워서 차오르는" 꽃, "이 찰나가 영원이듯/영원이 바로 이 찰나이듯" 피어나는 절정의 꽃 한 송이에 대한 찬탄과 경외의 언어는 이 시에 종교적이며 영성적인 색채를 더한다. 찰나에 영원이 담겨있고 영원이 찰나에 스며있는 상태, 비움으로 꽃 피워진 그득한 충만의 상태. 생명의 절정이면서 아름다움의 절정인 상태가 이 시 「꽃 한 송이」다.

"꽃 한 송이"에서 영원을 발견하고, 비움에서 충만을 발견하고, 절정에서 평화를 발견하는 시인의 모습 또한 꽃처럼 환하고 맑고 밝다. 이태수 시인의 시력 반세기에 걸친 꾸준하고 성실한 문학적 탐구가 이룩한 이러한 성취를 감상하는 것은 뜻깊고 보람 있는 일이 아닐 수 없다.

이 태 수 시인

1947년 경북 의성에서 출생, 1974년 《현대문학》을 통해 등단했다. 시집 『그림자의 그늘』(1979, 심상사), 『우울한 비상의 꿈』(1982, 문학과지성사), 『물속의 푸른 방』(1986, 문학과지성사), 『안 보이는 너의 손바닥 위에』(1990, 문학과지성사), 『꿈속의 사닥다리』(1993, 문학과지성사), 『그의 집은 둥글다』(1995, 문학과지성사), 『안동 시편』(1997, 문학과지성사), 『내 마음의 풍란』(1999, 문학과지성사), 『이슬방울 또는 얼음꽃』(2004, 문학과지성사), 『회화나무 그늘』(2008, 문학과지성사), 『침묵의 푸른 이랑』(2012, 민음사), 『침묵의 결』(2014, 문학과지성사), 『따뜻한 적막』(2016, 문학세계사), 『거울이 나를 본다』(2018, 문학세계사), 『내가 나에게』(2019, 문학세계사), 『유리창 이쪽』(2020, 문학세계사), 『꿈꾸는 나라로』(2021, 문학세계사), 『담박하게 정갈하게』(2022, 문학세계사), 『나를 찾아가다』(2022, 문학세계사), 시선집 『먼 불빛』(2018, 문학세계사), 육필시집 『유등 연지』(2012, 지식을 만드는 지식), 시론집 『여성시의 표정』(2016, 그루), 『대구 현대시의 지형도』(2016, 만인사), 『성찰과 동경』(2017, 그루), 『응시와 관조』(2019, 그루), 『현실과 초월』(2021, 그루) 등을 냈다. 대구시문화상(1986), 동서문학상(1996), 한국가톨릭문학상(2000), 천상병시문학상(2005), 대구예술대상(2008), 상화시인상(2020), 한국시인협회상(2021)을 수상했으며, 매일신문 논설주간, 대구한의대 겸임교수, 대구시인협회 회장, 한국신문방송편집인협회 부회장 등을 지냈다.

유리벽 안팎
이태수 시집

발행일
초판 1쇄　2023년 5월 12일

지은이 ● 이태수
펴낸이 ● 김종해
펴낸곳 ● 문학세계사
출판등록 ● 1979. 5. 16. 제21-108호

주소 ● 서울시 마포구 신수로 59-1(04087)
대표전화 ● 02-702-1800
팩스 ● 02-702-0084
이메일 ● mail@msp21.co.kr
홈페이지 ● www.msp21.co.kr

값 12,000원

ISBN 979-11-93001-07-3